Tacet Books

Felisberto Hernández

7 Mejores Cuentos

Editado por
August Nemo

Copyright© Tacet Books, 2024

Todos los derechos reservados.

Editor August Nemo

Diseño de cubierta y interior Mayra Falcini

Marketing Horacio Corral

Catalogación en la Publicación (CIP)

Hernandéz, Felisberto.
H557   7 mejores cuentos - Felisberto Hernandéz – São Paulo, SP: Tacet Books, 2024.
76 p. : 14 x 21 cm

ISBN 978-65-89575-70-2

1. Literatura uruguaia. 2. Contos.

CDD 868.9939

Tacet Books

Hecho en silencio

Para mentes ruidosas

www.tacetbooks.com

tacet.books@gmail.com

Sumário

El Autor	5
Cartas a los muertos	7
El acomodador	11
El corazón verde	33
Elsa	43
Nadie encendía las lámparas	47
Muebles "El canario"	55
La envenenada	61

El Autor

Felisberto Hernández, eminente pianista y escritor uruguayo nacido a principios del siglo XX en el barrio Atahualpa, fue una figura singular que dejó una marca indeleble en la literatura latinoamericana. Desde una edad temprana, mostró talento musical, iniciando sus estudios de piano a los nueve años y profundizando en la composición y armonía con el profesor Clemente Colling. A pesar de las dificultades financieras, Hernández encontró en la música una vía de expresión, convirtiéndose en pianista itinerante y destacándose en recitales y en la ilustración musical de películas. Su vida personal estuvo marcada por cuatro matrimonios y una serie de relaciones complejas.

Además de su carrera musical, Hernández se distinguió como escritor, integrando círculos literarios y artísticos en Montevideo y Buenos Aires. Su producción literaria se dividió en tres etapas, cada una caracterizada por una evolución estilística y temática, culminando en una obra única e inconfundible. Inspirado por Bergson, Proust y Kafka, Hernández exploró en su escritura la intersección entre memoria, realidad y fantasía, creando una narrativa que desafía clasificaciones convencionales.

Aunque sus obras no alcanzaron una repercusión masiva durante su vida, Hernández es reconocido como un maestro de la narrativa breve, cuya extraña ficción y perspectivas peculiares sobre la realidad conquistaron la admiración de otros escritores prominentes como Julio Cortázar y Gabriel García Márquez. Su influencia trasciende fronteras, con traducciones de su obra a diversos idiomas y un reconocimiento tardío, pero duradero, de su contribución al canon literario latinoamericano.

Cartas a los muertos

Mi querido poeta:
He sabido que Ud. va a publicar un nuevo libro. Y me apresuro a advertirle que Ud. no puede hacer eso. La razón que, en mi responsabilidad de médico, me asiste para hacerle esta advertencia, es muy sencilla. Sin embargo, yo sé que Ud. –como todos los que se encuentran en su caso– se obstinará en no quererla comprender. Pero debe saber una vez por todas, que hace ya bastante tiempo que Ud. ha muerto. No cometeré la superficialidad de presentarle mis condolencias. Además yo trato a mis muertos no sólo con cariño, sino también con franqueza; su muerte me trajo sentimientos muy particulares. Como ciudadano casi puedo afirmarle que mis sentimientos fueron poco menos que indiferentes. En mí crecen otros sentimientos que ahogan a los del ciudadano. Y no vaya a creer por esto que voy contra la humanidad. Al contrario, pretendo otra cosa. Y aun en el caso de que la humanidad me fuera completamente indiferente, no sería imposible que mi pasión por la ciencia y por el conocimiento tuviera para los hombres *consecuencias* de un gran bien. Precisamente mi pasión por el conocimiento me llevó a estudiar a los poetas y a aprovechar de ellos los conocimientos que quedaron

atrapados en sus poesías. Como gustador de poetas, me apresuro a decirle, que es como más lamento su muerte. Pero no exageremos demasiado; si por un lado pierdo los poemas que Ud. hubiera hecho si realmente viviera, por otro lado empiezo a gozar el sabor, más concentrado y misterioso, que uno encuentra en las poesías de un autor al cual uno ya no puede darle la mano como a un ser realmente vivo.

Como médico tengo mucho más que decirle. Primero tuve el sentimiento de sorpresa que me producen ciertas maneras de la muerte; después casi tuve con Ud. el sentimiento de un absoluto fracaso en cuanto a poderlo salvar. Y por fin su muerte me trajo la gran alegría de poderlo salvar casi completamente. Y esto es un gran triunfo para mí. Si hubo otros colegas que después de una muerte pudieron hacer marchar un corazón; o aprovechar un ojo o cualquier otra parte del cuerpo de un muerto para recomponer un vivo, yo, mi querido poeta, no sólo hago marchar a un muerto sino que casi casi está vivo del todo. Lo único que no puedo recomponer, óigalo bien, es su facultad de creación. Precisamente por estar seguro de que ahora Ud. carece de ella, es que lo doy por muerto. Y no crea que no siento este fracaso; aún más, me consideraría más satisfecho si hubiera podido *matar*, en un vivo artificial, algo que al morir quedó demasiado vivo en él: la vanidad de creerse un vivo natural; es decir, su capacidad de creación. Esa vanidad es la gran sobreviviente del hombre.

Y ahora lo ataco de frente. De esa vanidad tiene Ud. que cuidarse. En caso contrario, andará Ud. como un viejo que pretende tener una aventura. Si sigue Ud. con la pretensión de querer hacer nuevos poemas será el peor plagiario de sí mismo, arrojará una luz falsa sobre su poesía anterior y la desprestigiará. En cambio, piense en la satisfacción que dará a todos sus admiradores si les deja la ilusión de estrechar la mano que escribió aquellos poemas, un poco antes de que esa mano se seque del todo. Piense en la satisfacción que será para Ud. sobrevivir para recoger los halagos que merece. Si Ud. no se estropea con una ambición fuera de lugar, verá cómo se desarrollará la sensibilidad del triunfo; recuerde que esa sensibilidad nunca fue amplia; porque cuando Ud. era joven, si bien deseaba el triunfo, también tenía inquietudes que lo inhibieron en muchos instantes. Y aún más, ahora, sin esa auténtica inquietud, tiene Ud. también un estado físico más completo para recibir el triunfo; ahora Ud. podrá desarrollar más lo que yo llamo "sensibilidad de banquetes": Ud. no sólo podrá comer más y gozar más rato de sus comidas, sino también estropear menos sus digestiones.

Y por último quiero prevenirlo contra los discursos en los banquetes; ni los improvise, ni los escriba. Diga que como está emocionado prefiere recitar un poema de antes. Y después de ellos quédese Ud. en silencio y verá todo lo que ponen ellos; será precisamente lo que le falta a Ud.: vida, amplia y misteriosa vida.

El acomodador

Apenas había dejado la adolescencia me fui a vivir a una ciudad grande. Su centro —donde todo el mundo se movía apurado entre casas muy altas— quedaba cerca de un río.

Yo era acomodador de un teatro; pero fuera de allí lo mismo corría de un lado para otro; parecía un ratón debajo de muebles viejos. Iba a mis lugares preferidos como si entrara en agujeros próximos y encontrara conexiones inesperadas. Además, me daba placer imaginar todo lo que no conocía de aquella ciudad.

Mi turno en el teatro era el último de la tarde. Yo corría a mi camarín, lustraba mis botones dorados y calzaba mi frac verde sobre chaleco y pantalones grises; enseguida me colocaba en el pasillo izquierdo de la platea y alcanzaba a los caballeros tomándoles el número; pero eran las damas las que primero seguían mis pasos cuando yo los apagaba en la alfombra roja. Al detenerme extendía la mano y hacía un saludo en paso de minué. Siempre esperaba una propina sorprendente, y sabía inclinar la cabeza con respeto y desprecio. No importaba que ellos no sospecharan todo lo superior que era yo.

Ahora yo me sentía como un solterón de flor en el ojal que estuviera de vuelta de muchas cosas; y era feliz viendo damas en trajes diversos; y confusiones en el instante de encenderse el escenario y quedar en penumbra la platea. Después yo corría a contar las propinas, y por último salía a registrar la ciudad.

Cuando volvía cansado a mi pieza y mientras subía las escaleras y cruzaba los corredores, esperaba ver algo más a través de las puertas entreabiertas. Apenas encendía la luz, se coloreaban de golpe las flores del empapelado; eran rojas y azules sobre fondo negro. Habían bajado la lámpara con un cordón que salía del centro del techo y llegaba casi hasta los pies de la cama. Yo hacía una pantalla de diario y me acostaba con la cabeza hacia los pies; de esa manera podía leer disminuyendo la luz y apagando un poco las flores. Junto a la cabecera de la cama había una mesa con botellas y objetos que yo miraba horas enteras. Después apagaba la luz y seguía despierto hasta que oía entrar por la ventana ruidos de huesos serruchados, partidos con el hacha, y la tos del carnicero.

Dos veces por semana un amigo me llevaba a un comedor gratuito. Primero se entraba a un hall casi tan grande como el de un teatro, y después se pasaba al lujoso silencio del comedor. Pertenecía a un hombre que ofrecería aquellas cenas hasta el fin de sus días. Era una promesa hecha por haberse salvado su hija de las aguas del río. Los comensales eran extranjeros abrumados de recuerdos. Cada uno tenía derecho a llevar a un amigo dos veces por semana; y el dueño de la casa comía de esa mesa una vez por mes. Llegaba como un director de orquesta después que los músicos estaban prontos. Pero lo único que él dirigía era el silencio. A las ocho, la gran portada blanca del fondo abría una hoja y aparecía el vacío en penumbra de una habitación contigua; y de esa oscuridad salía el frac negro de una figura alta con la cabeza inclinada hacia la derecha. Venía levantando una mano para indicarnos que no debíamos pararnos, todas las cartas se dirigían hacia él, pero no los ojos: ellos pertenecían a los pensamientos que en aquel instante habitaban las cabezas. El director hacía un saludo al sentarse, todos dirigían la cabeza hacia los platos y pulsaban sus instrumentos. Entonces cada profesor de silencio tocaba para sí. Al principio se oía picotear los cubiertos; pero a los pocos instantes aquel ruido volaba y quedaba olvidado. Yo empezaba, simplemente, a comer. Mi amigo era como ellos y aprovechaba aquellos momentos para recordar su país. De pronto yo me sentía reducido al círculo del plato y me parecía que no tenía pensamientos propios. Los demás eran como dormidos que comieran al mismo tiempo y fueran vigilados por los servidores. Sabíamos que terminábamos un plato porque en ese instante lo escamoteaban; y pronto nos alegraba el siguiente. A veces teníamos que dividir la sorpresa y atender al cuello de una botella que venía arropada en una servilleta blanca. Otras veces nos sorprendía la mancha oscura del vino que parecía agrandarse en el aire mientras sostenía el cristal de la copa.

A las pocas reuniones en el comedor gratuito, yo ya me había acostumbrado a los objetos de la mesa y podía tocar los instrumentos para mí solo. Pero no podía dejar de preocuparme por el alejamiento de los invitados. Cuando el «director» apareció en el segundo mes, yo no pensaba que aquel hombre nos obsequiara por haberse salvado su hija, yo insistía en suponer que la hija se había ahogado. Mi pensamiento cruzaba con pasos inmensos y vagos las pocas manzanas que nos separaban del río; entonces yo me imaginaba a la hija, a pocos centímetros de la superficie del agua; allí recibía la luz de una luna amarillenta; pero al mismo tiempo resplandecía de blanco, su lujoso vestido y la piel de sus brazos y su cara. Tal vez aquel privilegio se debiera a las riquezas del padre y a sacrificios ignorados. A los que comían frente a mí y de espaldas al río, también los imaginaba ahogados: se inclinaban sobre los platos como si quisieran subir desde el centro del río y salir del agua; los que comíamos frente a ellos, les hacíamos una cortesía pero no les alcanzábamos la mano.

Una vez en aquel comedor oí unas palabras. Un comensal muy gordo había dicho: «Me voy a morir». Enseguida cayó con la cabeza en la sopa, como si la quisiera tomar sin cuchara; los demás habían dado vuelta sus cabezas para mirar la que estaba servida en el plato, y todos los cubiertos habían dejado de latir. Después, se había oído arrastrar las patas de las sillas, los sirvientes llevaron al muerto al cuarto de los sombreros e hicieron sonar el teléfono para llamar al médico. Y antes que el cadáver se enfriara ya todos habían vuelto a sus platos y se oían picotear los cubiertos.

Al poco tiempo yo empecé a disminuir las corridas por el teatro y a enfermarme de silencio. Me hundía en mí mismo como en un pantano. Mis compañeros de trabajo tropezaban conmigo, y yo empecé a ser un estorbo errante. Lo único que hacía bien era lustrar los botones de mi frac. Una vez un compañero me dijo: «¡Apúrate, hipopótamo!» Aquella palabra cayó en mi pantano, se me quedó pegada y empezó a hundirse. Después me dijeron otras cosas. Y cuando ya me habían llenado la memoria de palabras como cacharros sucios, evitaban tropezar conmigo y daban vuelta por otro lado para esquivar mi pantano.

Algún tiempo después me echaron del empleo y mi amigo extranjero me consiguió otro en un teatro inferior. Allí iban mujeres mal vestidas y hombres que daban poca propina. Sin embargo, yo traté de conservar mi puesto.

Pero en uno de aquellos días más desgraciados apareció ante mis ojos algo que me compensó de mis males. Había estado insinuándose poco a poco. Una noche me desperté en el silencio oscuro de mi pieza y vi en la pared empapelada de flores violetas, una luz. Desde el primer instante tuve la idea de que ocurría algo extraordinario, y no me asusté. Moví los ojos hacia un lado y la mancha de luz siguió el mismo movimiento. Era una mancha parecida a la que se ve en la oscuridad cuando recién se apaga la lamparilla; pero esta otra se mantenía bastante tiempo y era posible ver a través de ella. Bajé los ojos hasta la mesa y vi las botellas y los objetos míos. No me quedaba la menor duda; aquella luz salía de mis propios ojos, y se había estado desarrollando desde hacía mucho tiempo. Pasé el dorso de mi mano por delante de mi cara y vi mis dedos abiertos. Al poco rato sentí cansancio; la luz disminuía y yo cerré los ojos. Después los volví a abrir para comprobar si aquello era cierto. Miré la bombita de luz eléctrica y vi que ella brillaba con luz mía. Me volví a convencer y tuve una sonrisa. ¿Quién, en el mundo, veía con sus propios ojos en la oscuridad?

Cada noche yo tenía más luz. De día había llenado la pared de clavos; y en la noche colgaba objetos de vidrio o porcelana: eran los que se veían mejor. En un pequeño ropero —donde estaban grabadas mis iniciales, pero no las había grabado yo—, guardaba copas atadas del pie con un hilo, botellas con el hilo al cuello, platitos atados en el calado del borde, tacitas con letras doradas, etc. Una noche me atacó un terror que casi me lleva a la locura. Me había levantado para ver si me había quedado algo más en el ropero; no había encendido la luz eléctrica y vi mi cara y mis ojos en el espejo, con mi propia luz. Me desvanecí. Y cuando me desperté tenía la cabeza debajo de la cama y veía los fierros como si estuviera debajo de un puente. Me juré no mirar nunca más aquella cara mía y aquellos ojos de otro mundo.

Eran de un color amarillo verdoso que brillaba como el triunfo de una enfermedad desconocida; los ojos eran grandes redondeles, y la cara estaba dividida en pedazos que nadie podría juntar ni comprender.

Me quedé despierto hasta que subió el ruido de los huesos serruchados y cortados con el hacha.

Al otro día recordé que hacía pocas noches iba subiendo el pasillo de la platea en penumbra y una mujer me había mirado los ojos con las cejas fruncidas. Otra noche mi amigo extranjero me había hecho burla diciéndome que mis ojos brillaban como los de los gatos. Yo trataba de no mirarme la cara en las vidrieras apagadas, y prefería no ver los objetos que había tras los vidrios. Después de haber pensado mucho en los modos de utilizar la luz, siempre había llegado a la conclusión de que debía utilizarla cuando estuviera solo.

En una de las cenas y antes que apareciera el dueño de casa en la portada blanca, vi la penumbra de la puerta entreabierta y sentí deseos de meter los ojos allí. Entonces empecé a planear la manera de entrar en aquella habitación, pues ya había entrevisto en ellas varias vitrinas cargadas de objetos y había sentido aumentar la luz de mis ojos.

El hall del gran comedor daba a una calle, pero la casa cruzaba toda la manzana y tenía la entrada principal por otra calle; yo ya me había paseado muchas veces por la calle del hall y había visto varias veces al mayordomo: era el único que andaba por allí a esas horas. Cuando caminaba de frente con las piernas y los brazos torcidos hacia afuera, parecía un orangután; pero al verlo de costado, con la cola del frac muy dura, parecía un bicharraco. Una tarde, antes de cenar, me atreví a hablarle. Él me miraba escondiendo los ojos detrás de cejas espesas, mientras yo le decía:

—Me gustaría hablarle de un asunto particular, pero tengo que pedirle reserva.

—Usted dirá, señor.

—Yo... —ahora él miraba al piso y esperaba— ...tengo en los ojos una luz que me permite ver en la oscuridad...

—Comprendo, señor.

—¡Comprende, no! —le contesté irritado—. Usted no puede haber conocido a nadie que viera en la oscuridad.

—Dije que comprendía sus palabras, señor, pero ya lo creo que ellas me asombran.

—Escuche. Si nosotros entramos a esa habitación —la de los sombreros— y cerramos la puerta, usted puede poner encima de la mesa cualquier objeto que tenga en el bolsillo y yo le diré qué es.

—Pero señor —decía él—, si en ese momento viniera...

—Si es el dueño de la casa, yo le doy autorización para que se lo diga. Hágame el favor; es un momentito nada más.

—¿Y para qué?...

—Ya se lo explicaré. Ponga cualquier cosa en la mesa apenas yo cierre la puerta, y enseguida le diré...

—Lo más pronto que pueda, señor...

Pasó ligero, se acercó a la mesa, yo cerré la puerta y al instante le dije:

—¡Usted ha puesto la mano abierta y nada más!

—Bueno, me basta, señor.

—Pero ponga algo que tenga en el bolsillo...

Puso el pañuelo; y yo, riéndome, le dije:

—¡Qué pañuelo sucio!

El también se rió, pero de pronto le salió un graznido ronco y enderezó hacia la puerta. Cuando la abrió tenía una mano en los ojos y temblaba. Entonces me di cuenta que me había visto la cara, y eso yo no lo había previsto. Él me decía, suplicante:

—¡Váyase, señor! ¡Váyase, señor!

Y empezó a cruzar el comedor. Estaba ya iluminado pero vacío.

En la próxima vez que el dueño de casa comió con nosotros, yo le pedí a mi amigo que me permitiera sentarme cerca de la cabecera —donde se ubicaba el dueño—. El mayordomo tendría que servir allí, y no podría esquivarme. Cuando trata el primer plato sintió sobre él mis ojos y le empezaron a temblar las manos. Mientras el ruido de los cubiertos entretenía el silencio, yo acosaba al mayordomo. Después lo volví a ver en el hall. Él me decía:

—¡Señor, usted me va a perder!

—Si no me escucha, ya lo creo que lo perderé.

—¿Pero qué quiere el señor de mí?

—Que me permita ver, simplemente ver, puesto que usted me revisará a la salida, las vitrinas de la habitación contigua al comedor.

Empezó a hacer señas con las manos y la cabeza antes de poder articular ninguna palabra. Y cuando pudo, dijo:

—Yo vine a esta casa, señor, hace muchos años...

A mí me daba pena, y fastidio de tener pena. Mi lujuria de ver me lo hacía considerar como un obstáculo complicado. Él me hacía la historia de su vida y me explicaba por qué no podía traicionar al dueño de casa. Entonces lo interrumpí intimidándolo:

—Todo eso es inútil puesto que él no se enterará, además, usted se portaría mucho peor si yo le revolviera la cabeza por dentro. Esta noche vendré a las dos, y estaré en aquella habitación hasta las tres.

—Señor, revuélvame la cabeza y máteme.

—No; te ocurrirían cosas mucho más horribles que la muerte.

Y en el instante de irme le repetí:

—Esta noche, a las dos, estaré en la puerta.

Al salir de allí necesité pensar algo que me justificara. Entonces me dije: «Cuando él vea que no ocurre nada no sufrirá más». Yo quería ir esa noche porque me tocaba cenar allí, y aquellas comidas con sus vinos me excitaban mucho y me aumentaban la luz.

Durante esa cena el mayordomo no estuvo tan nervioso como yo esperaba, y pensé que no me abriría la puerta. Pero fui a las dos, y me abrió. Entonces, mientras cruzaba el comedor detrás de él y de su candelabro, se me ocurrió la idea de que él no había resistido la tortura de la amenaza, le había contado todo al dueño y me tendrían preparada una trampa. Apenas entramos en la habitación de las vitrinas lo miré: tenía los ojos bajos y la cara inexpresiva; entonces le dije:

—Tráigame un colchón. Veo mejor desde el piso y quiero tener el cuerpo cómodo.

Vaciló haciendo movimientos con el candelabro y se fue. Cuando me quedé solo y empecé a mirar, creí estar en el centro de una constelación. Después pensé que me atraparían. El mayordomo tardaba. Para prenderme a mí no hubieran necesitado un colchón con una mano porque en la otra traía el candelabro. Y con voz que sonó demasiado entre aquellas vitrinas, dijo:

—Volveré a las tres.

Al principio yo tenía miedo de verme reflejado en los grandes espejos o en los cristales de las vitrinas. Pero tirado en el suelo no me alcanzaría ninguno de ellos. ¿Por qué el mayordomo estaría tan tranquilo? Mi luz anduvo vagando por aquel universo, pero yo no podía alegrarme. Después de tanta audacia para llegar hasta allí, me faltaba el coraje para estar tranquilo. Yo podía mirar una cosa y hacerla mía teniéndola en mi luz un buen rato, pero era necesario estar despreocupado y saber que tenía derecho a mirarla. Me decidí a observar un pequeño rincón que tenía cerca de los ojos. Había un libro de misa con tapas de carey veteado como el azúcar quemado, pero en una de las esquinas tenía un calado sobre el que descansaba una flor aplastada. Al lado de él enroscado como un reptil, yacía un rosario de piedras preciosas. Esos objetos estaban al pie de abanicos que parecían bailarinas abriendo sus anchas polleras; mi luz perdió un poco de estabilidad al pasar sobre algunos que tenían lentejuelas; y por fin se detuvo en otro que tenía un chino con cara de nácar y traje de seda. Sólo aquel chino podía estar aislado en aquella inmensidad; tenía una manera de estar fijo que hacía pensar en el misterio de la estupidez. Sin embargo, él fue lo único que yo pude hacer mío aquella noche. Al salir quise darle una propina al mayordomo. Pero él la rechazó diciendo:

—Yo no hago esto por interés, señor; lo hago obligado por usted.

En la segunda sesión miré miniaturas de jaspe, pero al pasar mi luz por encima de un pequeño puente sobre él cruzaban elefantes me di cuenta de que en aquella habitación había otra luz que no era la mía. Di vuelta los ojos antes que la cabeza y vi avanzar una mujer blanca con un candelabro. Venía desde el principio de la ancha avenida bordeada de vitrinas. Me empezaron espasmos en la sien que enseguida corrieron como ríos dormidos a través de las mejillas; después los espasmos me envolvieron el pelo con vueltas de turbante. Por último aquello descendió por las piernas y se anudó en las rodillas. La mujer venía con la cabeza fija y el paso lento. Yo esperaba que su envoltura de luz llegara hasta el colchón y ella soltara un grito. Se detenía unos instantes; y al renovar los pasos yo pensaba que tenía tiempo de escapar; pero no me podía mover. A pesar de las pequeñas sombras en la cara se veía que aquella mujer era bellísima: parecía haber sido hecha con las manos y después de haberla bosquejado en un papel. Se acercaba demasiado, pero yo pensaba quedarme quieto hasta el fin del mundo. Se paró a un costado del colchón. Después empezó a caminar pisando con un pie en el piso y el otro en el colchón. Yo estaba como un muñeco extendido en un escaparate mientras ella pisara con un pie en el cordón de la vereda y el otro en la calle. Después permanecí inmóvil a pesar de que la luz de ella se movía de una manera extraña. Cuando la vi pasar de vuelta, ella hacía un camino en forma de eses por entre el espacio de una vitrina a la otra, y la cola del peinador se iba enredando suavemente en las patas de las vitrinas. Tuve la sensación de haber dormido un poco antes que ella hubiera llegado a la puerta del fondo. La había dejado abierta al venir y también la dejó al irse. Todavía no había desaparecido del todo la luz de ella, cuando descubrí que había otra detrás de mí. Ahora me pude levantar. Tomé el colchón por una punta y salí para encontrarme con el mayordomo. Le templaba todo el cuerpo y el candelabro. No podía entender lo que decía porque le castañeteaban los dientes postizos.

Yo sabía que en próxima sesión ella aparecería de nuevo; no podía concentrarme para mirar nada, y no hacía otra cosa que esperarla. Apareció y me sentí más tranquilo. Todos los hechos eran iguales a la primera vez; el hueco de los ojos conservaba la misma fijeza; pero no sé dónde estaba lo que cada noche tenía de diferente. Al mismo tiempo yo ya sentía costumbre y ternura. Cuando ella venía cerca del colchón tuve una rápida inquietud: me di cuenta que no pasaría por la orilla sino que cruzaría por encima de mí. Volví a sentir terror y a creer que ella gritaría. Se detuvo cerca de mis pies. Después dio un paso sobre el colchón; otro encima de mis rodillas —que temblaron, se abrieron e hicieron resbalar el pie de ella— otro paso del otro pie en el colchón; otro paso en la boca de mi estómago; otro más en el colchón, y otro de manera que su pie descalzo se apoyó en mi garganta. Y después perdí el sentido de lo que ocurría de la más delicada manera: pasó por mi cara toda la cola de su peinador perfumado.

Cada noche los hechos eran más percibidos; pero yo tenía sentimientos distintos. Después todos se fundían y las noches parecían pocas. La cola del peinador borraba memorias sucias y yo volvía a cruzar espacios de un aire tan delicado como el que hubiera podido mover las sábanas de la infancia. A veces ella interrumpía un instante el roce de la cola sobre mi cara; entonces yo sentía la angustia de que me cortaran la comunicación y la amenaza de un presente desconocido. Pero cuando el roce continuaba y el abismo quedaba salvado, yo pensaba en una broma de la ternura y bebía con fruición todo el resto de la cola.

A veces el mayordomo me decía:

—¡Ah, señor! ¡Cuánto tarda en descubrirse todo esto!

Pero yo iba a mi pieza, cepillaba lentamente mi traje negro en el lugar de las rodillas y el estómago, y después me acostaba para pensar en ella. Había olvidado mi propia luz: la hubiera dado toda por recordar con más precisión cómo la envolvía a ella la luz de su candelabro. Repasaba sus pasos y me imaginaba que una noche ella se detendría cerca de mí y se hincaría; entonces, en vez del peinador, yo sentiría sus cabellos y sus labios. Todo esto lo componía de muchas maneras; y a veces le ponía palabras: «Querido mío, yo te mentía...» Pero esas palabras no me parecían de ella y tenía que empezar a suponer todo de nuevo. Esos ensayos no me dejaban dormir; y hasta penetraban un poco en los sueños. Una vez soñé que ella cruzaba una gran iglesia. Había resplandores de luces de velas sobre colores rojos y dorados. Lo más iluminado era el vestido blanco de la novia con una larga cola que ella llevaba lentamente. Se iba a casar; pero caminaba sola y con una mano se tomaba la otra. Yo era un perro lanudo de un color negro muy brillante y estaba echado encima de la cola de la novia. Ella me arrastraba con orgullo y yo parecía dormido. Al mismo tiempo, yo me sentía ir entre un montón de gente que seguía a la novia y al perro. En esa otra manera mía, yo tenía sentimientos e ideas parecidos a los de mi madre y trataba de acercarme todo lo posible al perro. Él iba tan tranquilo como si se hubiera dormido en una playa y de cuando en cuando abriera los ojos y se viera rodeado de espuma. Yo le había trasmitido al perro una idea y él la había recibido con una sonrisa. Era ésta: «Tú te dejas llevar pero tú piensas en otra cosa».

Después, en la madrugada, oía serruchar la carne y golpear con el hacha.

Una noche en que había recibido pocas propinas, salí del teatro y bajé hasta la calle más próxima al frío. Mis piernas estaban cansadas, pero mis ojos tenían gran necesidad de ver. Al pararme en una casucha de libros viejos vi pasar una pareja de extranjeros; él iba vestido de negro y con una gorra de apache; ella llevaba en la cabeza una mantilla española y hablaba en alemán. Yo caminaba en dirección de ellos, pero ellos iban apurados y me habían sacado ventaja. Sin embargo, al llegar a la esquina tropezaron con un niño que vendía caramelos y le desparramaron los paquetes. Ella se reía, le ayudaban a juntar la mercancía y al fin le dio unas monedas. Y fue al volverse a mirar por última vez al vendedor, cuando reconocí a mi sonámbula y me sentí caer en un pozo de aire. Seguí a la pareja ansiosamente; yo también tropecé con una gorda que me dijo:

—Mirá por donde vas, imbécil.

Yo casi corría y estaba a punto de sollozar. Ellos llegaron a un cine barato, y cuando él fue a sacar las entradas ella dio vuelta la cabeza. Me miró con cierta insistencia porque vio mi ansiedad, pero no me conoció. Yo no tenía la menor idea. Al entrar me senté algunas filas delante de ellos y, en una de las veces que me di vuelta para mirarla, ella debe haber visto mis ojos en la oscuridad, pues empezó a hablarle a él con alguna agitación. Al rato yo me di vuelta otra vez; ellos hablaron de nuevo, pero pocas palabras y en voz alta. E inmediatamente abandonaron la sala. Yo también. Corría detrás de ella sin saber lo que iba a hacer. Ella no me reconocía; y además se me escapaba con otro. Yo nunca había tenido tanta excitación y aunque sospechaba que no iría a buen fin, no podía detenerme. Estaba seguro de que en todo aquello había confusión de destinos; pero el hombre que iba apretado al brazo de ella se había hundido la gorra hasta las orejas y caminaba cada vez más ligero. Los tres nos precipitábamos como en un peligro de incendio; yo ya iba cerca de ellos, y esperaba quién sabe que desenlace. Ellos bajaron la vereda y empezaron a cruzar la calle corriendo; yo iba a hacer lo mismo, y en ese instante me detuvo otro hombre de gorra; estaba sentado en un auto, había descargado un cornetazo y me estaba insultando. Apenas desapareció el auto yo vi a la pareja acercarse a un policía. Con el mismo ritmo con que caminaba tras ellos me decidí a ir para otro lado. A los pocos metros me di vuelta, pero no vi a nadie que me siguiera. Entonces empecé a disminuir la velocidad y a reconocer el mundo de todos los días. Había que andar despacio y pensar mucho. Me di cuenta que iba a tener una gran angustia y entré en una taberna que tenía poca luz y poca gente; pedí vino y empecé a gastar de las propinas que reservaba para pagar la pieza. La luz salía hacia la calle por entre las rejas de una ventana abierta; y se le veían brillar las hojas de un árbol que estaba parado en el cordón de la vereda. A mí me costaba decidirme a pensar en lo que pasaba. El piso era de tablas viejas con agujeros. Yo pensaba que el mundo en que ella y yo nos habíamos encontrado era inviolable; ella no lo podría abandonar después de haberme pasado tantas veces la cola del peinador por la cara; aquello era un ritual en que se anunciaba el cumplimiento de un mandato. Yo tendría que hacer algo. O tal vez esperar algún aviso que ella me diera en una de aquellas noches. Sin embargo, ella no parecía saber el peligro que corría en sus noches despiertas, cuando violaba lo que le indicaban los pasos del sueño. Yo me sentía orgulloso de ser un acomodador, de estar en la más pobre taberna y de saber, yo solo —ni siquiera ella lo sabía—, que con mi luz había penetrado en un mundo cerrado para todos los demás. Cuando salí de la taberna vi un hombre que llevaba gorra. Después vi otros. Entonces tuve una idea de los hombres de gorra: eran seres que andaban por todas partes, pero que no tenían nada que ver conmigo. Subí a un tranvía pensando que cuando fuera a la sala de las vitrinas llevaría escondida una gorra y de pronto se la mostraría. Un hombre gordo descargó su cuerpo, al sentarse a mi lado, y yo ya no pude pensar más nada.

A la próxima reunión yo llevé la gorra, pero no sabía si la utilizaría. Sin embargo, apenas ella apareció en el fondo de la sala, yo saqué la gorra y empecé a hacer señales como con un farol negro. De pronto la mujer se detuvo y yo, instintivamente, guardé la gorra; pero cuando ella empezó a caminar volví a sacarla y a hacer las señales. Cuando ella se paró cerca del colchón tuve miedo y le tiré con la gorra; primero le pegó en el pecho y después cayó a sus pies. Todavía pasaron unos instantes antes de que ella soltara un grito. Se le cayó el candelabro haciendo ruido y apagándose. Enseguida oí caer el bulto blando de su cuerpo seguido de un golpe más duro que sería la cabeza. Yo me paré y abrí los brazos como para tantear una vitrina, pero en ese instante me encontré con mi propia luz que empezaba a crecer sobre el cuerpo de ella. Había caído como si enseguida fuera a tener un sueño dichoso; los brazos le habían quedado entreabiertos, la cabeza echada hacia un lado y la cara pudorosamente escondida bajo las ondas del pelo. Yo recorría su cuerpo con mi luz como un bandido que la registrara con una linterna; y cerca de los pies me sorprendí al encontrar un gran sello negro, en el que pronto reconocí mi gorra. Mi luz no sólo iluminaba a aquella mujer, sino que tomaba algo de ella. Yo miraba complacido la gorra y pensaba que era mía y no de ningún otro, pero de pronto mis ojos empezaron a ver en los pies de ella un color amarillo verdoso parecido al de mi cara aquella noche que la vi en el espejo de mi ropero. Aquel color se hacía más brillante en algunos lados del pie y se oscurecía en otros. Al instante aparecieron pedacitos blancos que me hicieron pensar en los huesos de los dedos. Ya el horror giraba en mi cabeza como un humo sin salida. Empecé a hacer de nuevo el recorrido de aquel cuerpo; ya no era el mismo, y yo no reconocía su forma; a la altura del vientre encontré, perdida, una de sus manos, y no veía en ella nada más que los huesos. No quería mirar más y hacía un gran esfuerzo para bajar los párpados. Pero mis ojos, como dos gusanos que se movieran por su cuenta dentro de mis órbitas, siguieron revolviéndose hasta que la luz que proyectaban llegó hasta la cabeza de ella. Carecía por completo de pelo, y los huesos de la cara tenían un brillo espectral como el de un astro visto con un telescopio. Y de pronto oí al mayordomo: caminaba fuerte, encendía todas las luces y hablaba enloquecido. Ella volvió a recobrar sus formas, pero yo no la quería mirar. Por una puerta que yo no había visto entró el dueño de casa y fue corriendo a levantar a la hija. Salía con ella en brazos cuando apareció otra mujer; todos se iban, y el mayordomo no dejaba de gritar:

—Él tuvo la culpa; tiene una luz del infierno en los ojos. Yo no quería y él me obligó...

Apenas me quedé solo pensé que me ocurriría algo muy grave. Podría haberme ido; pero me quedé hasta que entró de nuevo el dueño. Detrás venía el mayordomo y dijo:

—¡Todavía está aquí!

Yo iba a contestarle. Tardé en encontrar la respuesta; sería más o menos esta: «No soy persona de irme así de una casa. Además tengo que dar una explicación». Pero también me vino la idea de que sería más digno no contestar al mayordomo. El dueño ya había llegado hasta mí. Se arreglaba el pelo con los dedos y parecía muy preocupado. Levantó la cabeza con orgullo y, con el ceño fruncido y los ojos empequeñecidos, me preguntó:

—¿Mi hija lo invitó a venir a este lugar?

Su voz parecía venir de un doble fondo que él tuviera en su persona. Yo me quedé tan desconcertado que no pude decir más que:

—No, señor. Yo venía a ver estos objetos... y ella me caminaba por encima...

El dueño iba a hablar, pero se quedó con la boca entreabierta. Volvió a pasarse los dedos por el pelo y parecía pensar: «No esperaba esta complicación».

El mayordomo empezó a explicarle otra vez la luz del infierno y todo lo demás. Yo sentía que toda mi vida era una cosa que los demás no comprendían. Quise reconquistar el orgullo y dije:

—Señor, usted no podrá entender nunca. Si le es más cómodo, envíeme a la comisaría.

Él también recobró su orgullo:

—No llamaré a la policía, porque usted ha sido mi invitado, pero ha abusado de mi confianza, y espero que su dignidad le aconsejará lo que debe hacer.

Entonces yo empecé a pensar un insulto. Lo primero que me vino a la cabeza fue decirle «mugriento». Pero enseguida quise pensar en otro. Y fue en esos instantes cuando se abrió, sola, una vitrina, y cayó al suelo una mandolina. Todos escuchamos atentamente el sonido de la caja armónica y de las cuerdas. Después el dueño se dio vuelta y se iba para adentro en el momento que el mayordomo fue a recoger la mandolina; le costó decidirse a tomarla, como si desconfiara de algún embrujo; pero la pobre mandolina parecía, más bien, un ave disecada. Yo también me di vuelta y empecé a cruzar el comedor haciendo sonar mis pasos; era como si anduviera dentro de un instrumento.

En los días que siguieron tuve mucha depresión y me volvieron a echar del empleo. Una noche intenté colgar mis objetos de vidrio en la pared, pero me parecieron ridículos. Además fui perdiendo la luz; apenas veía el dorso de mi mano cuando la pasaba por delante de los ojos.

El corazón verde

Hoy he pasado, en esta pieza, horas felices. No importa que haya dejado la mesa llena de pinchazos. Lo único que siento es tener que cambiar el diario que la cubre; hace tiempo que está puesto y le he tomado simpatía; es de un color verdoso, las letras grandes de los títulos son de color naranja y tiene la fotografía de unos quintillizos. Cuando la tarde estaba terminando y se apagaba un poco el gran calor, yo venía hacia mi pieza cansado de caminar. Había ido a pagar una cuota de un sobretodo comprado en invierno. Estaba un poco decepcionado de la vida pero tenía cuidado de que no me pisaran los vehículos; pensaba en mi pieza y recordé las cabecitas peladas de los quintillizos como si fueran las yemas de cinco dedos. Cuando ya estaba en mi cuarto con los brazos desnudos sobre el diario verde y un pequeño círculo de luz daba sobre los libros de colores, abrí una caja de lápices y saqué mi alfiler de corbata. Lo di vuelta entre mis manos hasta que se me cansaron los dedos y distraídamente pinchaba el diario en los ojos de los quintillizos.

Primero ese alfiler había sido una pequeña piedra verde que el mar había desgastado dándole forma de corazón; después la habían puesto en un prendedor y el corazón había quedado emplomado entre el cuadrilátero del tamaño de un diente de caballo. Al principio, mientras yo le daba vuelta entre mis dedos, pensaba en cosas que no tenían que ver con él; pero de pronto él me empezó a traer a mi madre, después a un tranvía a caballos, una tapa de botellón, un tranvía eléctrico, mi abuela, una señora francesa que se ponía un gorro de papel y siempre estaba llena de plumitas sueltas; su hija, que se llamaba Ivonne y le daba un hipo tan fuerte como un grito, un muerto que había sido vendedor de gallinas, un barrio sospechoso de una ciudad de la Argentina y donde en un invierno yo dormía en el suelo y me tapaba con diarios, otro barrio aristocrático de otra ciudad donde yo dormía como un príncipe y me tapaba con muchas frazadas, y, por último, un ñandú y un mozo de café.

Todos estos recuerdos vivían en algún lugar de mi persona como en un pueblito perdido: él se bastaba a sí mismo y no tenía comunicación con el resto del mundo. Desde hacía muchos años allí no había nacido ninguno ni se había muerto nadie. Los fundadores habían sido recuerdos de la niñez. Después, a los muchos años, vinieron unos forasteros: eran recuerdos de la Argentina. Esta tarde tuve la sensación de haber ido a descansar a ese pueblito como si la miseria me hubiera dado unas vacaciones.

En muchos años de mi niñez nosotros vivíamos en la falda del Cerro. La gente que subía la calle de mi casa llevaba el cuerpo echado hacia adelante y parecía que fuera buscando algo entre las piedras; y al bajar llevaban el cuerpo echado hacia atrás, parecían orgullosos y tropezaban con las piedras. De tarde mi tía me llevaba a unos morros que estaban cerca de la fortaleza. Desde allí se veían los barcos del dique, con muchos palos grandes y chicos con espinas de pescados. Cuando en la fortaleza tiraban el cañonazo de la entrada del sol, mi tía y yo empezábamos a bajar.

Una tarde mi madre me dijo que me llevaría a casa de una abuela que vivía en la dársena y que vería un tren eléctrico; sin embargo esa mañana yo me había portado mal; me habían mandado a buscar almidón en caja; pero yo lo traje suelto y me retaron; al ratito me mandaron a buscar yerba y como yo la quería en caja, los almaceneros, que eran amigos de casa, me la pusieron en una caja de botines; pero yo había cometido otra falta: me volví a casa con "la plata" y me retaron porque no había pagado; al rato me mandaron a buscar fideos con un peso; yo traje los fideos pero no quise traer el cambio porque eso era traer la plata y me retarían; en casa se alarmaron porque no había traído el cambio y me mandaron a buscarlo; entonces los almaceneros escribieron en un papelito algo que tranquilizó a mamá. Decía: "El cambio está entre los fideos."

Esa tarde todas las mujeres de casa quisieron ponerme un gran cuello almidonado que iba prendido a la camisa con botones de metal; la única que pudo fue otra abuela — ésta no vivía en la dársena ni llevaba en el pecho el corazón verde — ; ésta tenía los dedos rechonchos y calientes y al metérmelos en el pescuezo para prenderme el cuello me había pellizcado la piel; yo me ahogué dos o tres veces y me habían venido arcadas.

Cuando salimos a la calle el sol hacía brillar mis zapatos de charol y a mí me daba pena tropezar con todas las piedras del camino; mi madre me llevaba de la mano y casi corriendo. Pero yo estaba contento y, cuando ella no contestaba a mis preguntas, me contestaba yo. De pronto ella me dijo:

— Cállate la boca; pareces el loco de siete cuernos.

Y enseguida pasamos por lo del loco. Era una casa sin revocar y muy vieja. En la reja de una ventana había latas atadas con alambres y detrás gritaba continuamente el loco llamando a la gente que pasaba. Él era grande, gordo y tenía una camisa a cuadros. A veces venía la mujer, que era chiquita y flaca, para hacerlo callar; pero enseguida él seguía gritando y de pronto los gritos eran roncos.

Después cruzamos frente a la carnicería: yo pasaba allí mañanas enteras esperando que me despacharan; la gente estaba callada; pero un mirlo cantaba fuerte, siempre el mismo canto, y yo me aburría mucho.

Al pie del Cerro estaba la calle donde pasaba el tren de caballos; primero se oía la corneta y después el ruido de los caballos, las cadenas y el látigo largo para alcanzar al cadenero. Yo me hinchaba en uno de los dos asientos largos para estar frente a la ventanilla. Y mucho rato después me tenía que tapar las narices porque pasábamos por los frigoríficos que había cerca de un arroyo. A veces, cuando el tren y los caballos hacían ruido sobre el puente, yo me olvidaba de taparme la nariz y enseguida sentía el olor. Esa tarde nos bajamos en el Paso Molino y mi madre entró en una confitería a conversar con la dueña. Pasado un largo rato, la confitera dijo:

— Su niño mira los caramelos.

Y señalando los boyones me preguntaba:

— ¿Quieres de éstos?... ¿De estos otros?

Yo le dije a mi madre que quería la tapa del boyón. Se rieron y la confitera me trajo la tapa de otro que se había roto hacía poco. Mi madre no quería que yo fuera con aquello por la calle; pero la confitera lo envolvió, lo ató y le puso un palito para agarrarlo.

Cuando salimos era de nochecita y yo vi en medio de la calle un zaguán iluminado; mientras mi madre me llevaba hacia él yo miraba los vidrios de colores. Ella me decía que era un tren eléctrico. Pero como yo lo veía de la parte de atrás seguía pensando que era un zaguán. En ese instante tocaron un timbre, el "zaguán" soltó un suspiro fuerte y empezó a resbalar despacio hacia adelante. Al principio apenas se movía y las personas que alcancé a ver dentro de él iban quietas como muñecos dentro de una vidriera. Nosotros no llegamos a tiempo y al ratito el zaguán iba lejos y dio vuelta por entre unos árboles.

La casa de mi abuela quedaba en una calle cerca del puerto. Se entraba por un patio largo y teníamos que subir escaleras. Después pasamos por un comedor donde había una mesa con una fuente de pasteles. Mi madre me había encargado que no pidiera; entonces yo le dije a mi abuela:

— Si me dan, pido; si no, no.

A mi abuela le hizo mucha gracia y en una de las veces que me fue a besar le vi el corazón verde, se lo pedí y ella no me lo dio. Antes de cenar me dejaron jugar con una chiquilina que se llamaba Ivonne. La madre tenía en la cabeza un gorro de papel de diario y toda la cara y la pañoleta llenas de plumitas blancas muy chiquitas.

Esa noche antes de dormir vi en la pared una escalerita de luces que eran reflejo de las persianas. Después no me desperté a pesar de que todos se levantaron por el ruido que hizo la tapa del boyón cuando se resbaló de abajo de la almohada y se cayó al suelo. Al otro día, cuando tomaba el café con leche, sentía a cada momento un grito raro y me dijeron que era el hipo de Ivonne; parecía que ella lo hiciera por gusto. Esa mañana ella me convidó para ir a ver un muerto en las piezas del fondo. La madre no quería dejarla ir porque tenía hipo. Yo miraba el gorro de papel de la madre y esa mañana el color de las plumitas era violeta. Enseguida pensé en el muerto. Ivonne le decía a la madre:

— Mamá, es un muerto de confianza; es aquel viejito que vendía gallinas.

Ivonne me dio la mano y me llevó; yo tenía miedo y no soltaba la mano. El viejito estaba solo y tapado con un tul. Ivonne no sólo soltaba los gritos del hipo sino que quería apagar todas las velas que había alrededor del cajón. De pronto entró la madre, la agarró de un brazo y la sacó corriendo; y como yo estaba fuertemente agarrado a la mano de Ivonne, a mí también me llevaron.

Aquella misma mañana mi abuela me regaló el corazón verde; y hace pocos años, nuevos hechos vinieron a juntarse a esos recuerdos.

Yo estaba en una ciudad de la Argentina donde el encargado de arreglar mis conciertos había cometido errores desde el principio y al final no se había podido hacer nada. Mientras tanto tuve tiempo de ir descendiendo por todas las categorías de los hoteles del centro y al fin había caído en un barrio sospechoso de los suburbios, donde un amigo alquiló una pieza. A él los padres le habían mandado una cama y él me cedió un colchón. Hacía mucho frío y yo había gastado la mayor parte de mi dinero en comprar diarios viejos: los ponía abiertos encima de una cobija fina y arriba de ellos un sobretodo que me había prestado el encargado de mis conciertos. Una noche desperté a mi amigo con un grito feroz; yo también me desperté y me encontré poniendo una almohada en la pared: estaba soñando que allí había un agujero donde aparecía sonriendo un loco que tenía en la cabeza un gorro de papel de diario. Y después de pensar mucho en eso — no quería volver a dormirme porque tenía miedo de repetir la pesadilla — recordé el gorro de la mamá de Ivonne.

A los pocos días paseaba con tristeza entre las luces del centro de la ciudad, y de pronto decidí empeñar el corazón verde para ir al cine. Esa noche, después de la función me animé a pedirle dinero a otro amigo que tenía en Buenos Aires; ya le debía mucho, pero ahora me arriesgaría porque tenía casi arreglado un concierto en una ciudad vecina. Esa misma noche volví a pensar en el gorro de la mamá de Ivonne y decidí mandarle preguntar a la mía qué hacía aquella señora con las plumitas y el gorro de papel de diario. Es posible que mi madre lo hubiera sabido. También le dije que yo recordaba haber visto que la señora tironeaba algo que tenía en las faldas y yo había pensado que desplumaba a un animalito.

Cuando vino el dinero, rescaté el corazón verde y me fui a la ciudad vecina. Allí todo fue bien desde el principio y pude hospedarme en un hotel cómodo. Me habían dado una pieza con tres camas, una de matrimonio y dos de una plaza. Yo quería una pieza para mí solo y yo podía elegir la cama que quisiera. A la noche, después de una cena más bien exagerada, elegí la cama de matrimonio y puse en ella las frazadas de todas las camas. Los muebles eran de una vejez muy oscura y los espejos eran borrosos y veían mal la luz.

La tarde que di el primer concierto, tuve tiempo — antes que se cerraran los negocios — de comprar libros, lápices de colores para subrayarlos y un índice muy lindo al que después le buscaría aplicación. Apenas cené y me metí con los libros en la cama de matrimonio, pensé en el cine y no pude resistir a la tentación: me vestí de nuevo y fui a ver una película vieja en que unos enamorados se daban besos largos. Era muy feliz y no quería acostarme; fui a un café donde había un ñandú muy manso que vagaba a pasos lentos entre las mesas. Yo estaba distraído mirándolo y dando vuelta entre los dedos al alfiler de corbata cuando el ñandú vino apresuradamente hacia mí, me sacó de un picotón el corazón verde y se lo tragó. Mis ojos miraban con desesperación el alfiler bajando, como un bulto dentro de una media, por el cuello del ñandú; hubiera querido hacerlo correr hacia arriba; pero llegó el mozo del café y me dijo:

— No se preocupe.

— ¡Pero, señor! ¡Si es un viejo recuerdo de familia!

— Escuche, caballero — me decía el mozo levantando una mano como el vigilante que detiene un vehículo — : el ñandú se ha tragado muchas cosas y siempre las ha devuelto. Quédese tranquilo, que mañana o pasado yo le entregaré su alfiler como si nada hubiera ocurrido.

Al otro día vi en los diarios las crónicas de mis conciertos. Pero uno de ellos traía en primera plana un título que decía: "La estadía del pianista depende del ñandú." Y el artículo estaba lleno de bromas.

Ese mismo día recibí carta de mi madre en que me decía que la mamá de Ivonne hacía cisnes de polvera, que los hacía de todos los colores y que los tironeos serían para sacar las plumitas del paquete, porque a veces venían muy apretadas.

Al otro día el mozo del café me trajo el alfiler y me dijo:

—Ya le había dicho yo, señor; el ñandú es muy serio y devuelve todo.

Para otra vez que vaya a descansar a ese pueblito de recuerdos, tal vez me encuentre con que la población ha aumentado; casi seguro que allí estará aquel diario verde y los quintillizos a quienes les pinché los ojos con el alfiler.

Elsa

Yo no quiero decir cómo es ella. Si digo que es rubia se imaginarán una mujer rubia, pero no será ella. Ocurrirá como con el nombre: si digo que se llama Elsa se imaginarán cómo es el nombre Elsa; pero el nombre Elsa de ella es otro nombre Elsa. Ni siquiera podrían imaginarse cómo es una peinilla que ella se olvidó en mi casa; aunque yo dijera que tiene 26 dientes, el color, más aun, aunque hubieran visto otra igual, no podrían imaginarse cómo es precisamente, la peinilla que ella se olvidó en mi casa.

II

Yo quiero decir lo que me pasa a mí. ¿Y saben para qué?, pues, para ver si diciendo lo que me pasa, deja de pasarme. Pero entiéndase bien; me pasa una cosa mala, horrible: ya lo verán. Sé que por más bien que yo llegara a decirla, ocurrirá como con la peinilla y lo demás; no se imaginarán exactamente cómo es lo malo que me pasa; pero el interés que yo tengo es ver si deja de pasarme tanto lo malo que se imaginarán, lo malo que en realidad me pasa.

III

Elsa no es precisamente una de las tantas muchachas que no me aman: ella no me amará dentro de poco tiempo, porque ahora ella me ama. Nos hemos visto muy pocas voces; ella está muy lejos; nuestro amor se mantiene por correspondencia; pero yo tengo la convicción, yo afirmo categóricamente, yo creo absolutamente — ya explicaré ampliamente por qué tengo esta fiebre de afirmar — yo vuelvo a afirmar que dada la manera de ser de ella, dejará muy pronto de amarme, porque ella no podrá resistir el amor por correspondencia. Yo sí, pero ella no.

IV

De lo que ya no existe, se habla con indiferencia o con frialdad; pero yo hablo con dolor, porque hablo antes de que deje de existir y sabiendo que dejará de existir: recuérdese cómo lo afirmé.

Cuando espero algo, siento como si alguien — llámese Dios, destino o como quiera — tratara de demostrarme que la cosa que espero no llega o no ocurre como yo esperaba. Entonces, cuando yo tengo interés en que una cosa no ocurra, empiezo a pensar que ocurrirá, para burlarme de ese alguien si la cosa llega u ocurre, para hacerle ver que yo la preveía; y él por no dar su brazo a torcer no me da ese gusto y la cosa ocurre; pero he aquí que al final triunfo yo, porque precisamente lo que más deseaba era que no ocurriera. También debo decir que ese alguien suele sorprenderme dejándose burlar, y que yo triunfe aparentemente y quede derrotado íntimamente: pero esto ocurre las menos de las veces.

Para ser franco, diré que yo no creo en ese alguien, que a ese alguien lo creamos, y para crearlo lo suponemos al revés y al derecho. Pero cuando nos encontramos frente a un gran dolor, volvemos a pensar al revés y al derecho por si llega a ser cierto que existe. Ahora yo pienso que a lo mejor existe, y que a lo mejor no da su brazo a torcer, y por llevarme la contra hace que no ocurra lo de que ella deje de amarme, puesto que yo afirmo que ocurrirá. Así mismo tengo temor de que ese alguien se deje vencer y la cosa ocurra como en las menos veces: pero yo tengo más esperanza del otro modo: al revés que al derecho. Tendría esperanza aun cuando viera que estoy a punto de que ella no me ame; pues con más razón tengo esperanza ahora que ella me ama normalmente.

Bueno, en total quiero dejar constancia de que tengo la convicción, de que afirmo categóricamente, y que creo absolutamente, que Elsa se diferencia de las demás muchachas, en que ninguna de las otras me ama, y que ella dejará muy pronto de amarme.

Nadie encendía las lámparas

Hace mucho tiempo leía yo un cuento en una sala antigua. Al principio entraba por una de las persianas un poco de sol. Después se iba echando lentamente encima de algunas personas hasta alcanzar una mesa que tenía retratos de muertos queridos. A mí me costaba sacar las palabras del cuerpo como de un instrumento de fuelles rotos. En las primeras sillas estaban dos viudas dueñas de casa; tenían mucha edad, pero todavía les abultaba bastante el pelo de los moños. Yo leía con desgano y levantaba a menudo la cabeza del papel; pero tenía que cuidar de no mirar siempre a una misma persona; ya mis ojos se habían acostumbrado a ir a cada momento a la región pálida que quedaba entre el vestido y el moño de una de las viudas. Era una cara quieta que todavía seguiría recordando por algún tiempo un mismo pasado. En algunos instantes sus ojos parecían vidrios ahumados detrás de los cuales no había nadie. De pronto yo pensaba en la importancia de algunos concurrentes y me esforzaba por entrar en la vida del cuento. Una de las veces que me distraje vi a través de las persianas moverse palomas encima de una estatua. Después vi, en el fondo de la sala, una mujer joven que había recostado la cabeza contra la pared; su melena ondulada estaba muy esparcida y yo pasaba los ojos por ella como si viera una planta que hubiera crecido contra el muro de una casa abandonada. A mí me daba pereza tener que comprender de nuevo aquel cuento y transmitir su significado; pero a veces las palabras solas y la costumbre de decirlas producían efecto sin que yo interviniera y me sorprendía la risa de los oyentes. Ya había vuelto a pasar los ojos por la cabeza que estaba recostada en la pared y pensé que la mujer acaso se hubiera dado cuenta; entonces, para no ser indiscreto, miré hacia la estatua. Aunque seguía leyendo, pensaba en la inocencia con que la estatua tenía que representar un personaje que ella misma no comprendería. Tal vez ella se entendería mejor con las palomas: parecía consentir que ellas dieran vueltas en su cabeza y se posaran en el cilindro que el personaje tenía recostado al cuerpo. De pronto me encontré con que había vuelto a mirar la cabeza que estaba recostada contra la pared y que en ese instante ella había cerrado los ojos. Después hice el esfuerzo de recordar el entusiasmo que yo tenía las primeras veces que había leído aquel cuento; en él había una mujer que todos los días iba a un puente con la esperanza de poder suicidarse. Pero todos los días surgían obstáculos. Mis oyentes se rieron cuando en una de las noches alguien le hizo una proposición y la mujer, asustada, se había ido corriendo para su casa.

 La mujer de la pared también se reía y daba vuelta la cabeza en el muro como si estuviera recostada en una almohada. Yo ya me había acostumbrado a sacar la vista de aquella cabeza y ponerla en la estatua. Quise pensar en el personaje que la estatua representaba; pero no se me ocurría nada serio; tal vez el alma del personaje también habría perdido la seriedad que tuvo en vida y ahora andaría jugando con las palomas. Me sorprendí cuando algunas de mis palabras volvieron a causar gracia; miré a las viudas y vi que alguien se había asomado a los ojos ahumados de la que parecía más triste. En una de las oportunidades que saqué la vista de la cabeza recostada en la pared, no miré la estatua sino a otra habitación en la que creí ver llamas encima de una mesa; algunas personas siguieron mi movimiento; pero encima de la mesa sólo había una jarra con flores rojas y amarillas sobre las que daba un poco de sol.

Al terminar mi cuento se encendió el barullo y la gente me rodeó; hacían comentarios y un señor empezó a contarme un cuento de otra mujer que se había suicidado. Él quería expresarse bien pero tardaba en encontrar las palabras; y además hacía rodeos y digresiones. Yo miré a los demás y vi que escuchaban impacientes; todos estábamos parados y no sabíamos qué hacer con las manos. Se había acercado la mujer que usaba esparcidas las ondas del pelo. Después de mirarla a ella, miré la estatua. Yo no quería el cuento porque me hacía sufrir el esfuerzo de aquel hombre persiguiendo palabras: era como si la estatua se hubiera puesto a manotear las palomas.

La gente que me rodeaba no podía dejar de oír al señor del cuento; él lo hacía con empecinamiento torpe y como si quisiera decir: "soy un político, sé improvisar un discurso y también contar un cuento que tenga su interés".

Entre los que oíamos había un joven que tenía algo extraño en la frente: era una franja oscura en el lugar donde aparece el pelo; y ese mismo color — como el de una barba tupida que ha sido recién afeitada y cubierta de polvos — le hacía grandes entradas en la frente. Miré a la mujer del pelo esparcido y vi con sorpresa que ella también me miraba el pelo a mí. Y fue entonces cuando el político terminó el cuento y todos aplaudieron. Yo no me animé a felicitarlo y una de las viudas dijo: "siéntense, por favor" Todos lo hicimos y se sintió un suspiro bastante general; pero yo me tuve que levantar de nuevo porque una de las viudas me presentó a la joven del pelo ondeado: resultó ser sobrina de ella. Me invitaron a sentarme en un gran sofá para tres; de un lado se puso la sobrina y del otro el joven de la frente pelada. Iba a hablar la sobrina, pero el joven la interrumpió. Había levantado una mano con los dedos hacia arriba — como el esqueleto de un paraguas que el viento hubiera doblado — y dijo:

— Adivino en usted un personaje solitario que se conformaría con la amistad de un árbol.

Yo pensé que se había afeitado así para que la frente fuera más amplia, y sentí maldad de contestarle:

— No crea; a un árbol, no podría invitarlo a pasear.

Los tres nos reímos. Él echó hacia atrás su frente pelada y siguió:

— Es verdad; el árbol es el amigo que siempre se queda.

Las viudas llamaron a la sobrina. Ella se levantó haciendo un gesto de desagrado; yo la miraba mientras se iba, y sólo entonces me di cuenta que era fornida y violenta. Al volver la cabeza me encontré con un joven que me fue presentado por el de la frente pelada. Estaba recién peinado y tenía gotas de agua en las puntas del pelo. Una vez yo me peiné así, cuando era niño, y mi abuela me dijo: "Parece que te hubieran *lambido* las vacas." El recién llegado se sentó en el lugar de la sobrina y se puso a hablar.

— ¡Ah, Dios mío, ese señor del cuento, tan recalcitrante!

De buena gana yo le hubiera dicho: "¿Y usted?, ¿tan femenino?" Pero le pregunté:

— ¿Cómo se llama?

— ¿Quién?

— El señor... recalcitrante.

— Ah, no recuerdo. Tiene un nombre patricio. Es un político y siempre lo ponen de miembro en los certámenes literarios.

Yo miré al de la frente pelada y él me hizo un gesto como diciendo: "'¡Y qué le vamos a hacer!"

Cuando vino la sobrina de las viudas sacó del sofá al "femenino" sacudiéndolo de un brazo y haciéndole caer gotas de agua en el saco. Y enseguida dijo:

— No estoy de acuerdo con ustedes.

— ¿Por qué?

— ...y me extraña que ustedes no sepan cómo hace el árbol para pasear con nosotros.

— ¿Cómo?

— Se repite a largos pasos.

Le elogiamos la idea y ella se entusiasmó:

— Se repite en una avenida indicándonos el camino; después todos se juntan a lo lejos y se asoman para vernos; y a medida que nos acercamos se separan y nos dejan pasar.

Ella dijo todo esto con cierta afectación de broma y como disimulando una idea romántica. El pudor y el placer la hicieron enrojecer. Aquel encanto fue interrumpido por el femenino:

— Sin embargo, cuando es la noche en el bosque, los árboles nos asaltan por todas partes; algunos se inclinan como para dar un paso y echársenos encima; y todavía nos interrumpen el camino y nos asustan abriendo y cerrando las ramas.

La sobrina de las viudas no se pudo contener.

— ¡Jesús, pareces Blancanieves!

Y mientras nos reíamos, ella me dijo que deseaba hacerme una pregunta y fuimos a la habitación donde estaba la jarra con flores. Ella se recostó en la mesa hasta hundirse la tabla en el cuerpo; y mientras se metía las manos entre el pelo, me preguntó:

— Dígame la verdad: ¿por qué se suicidó la mujer de su cuento?

— ¡Oh!, habría que preguntárselo a ella.

— Y usted, ¿no lo podría hacer?

— Sería tan imposible como preguntarle algo a la imagen de un sueño.

Ella sonrió y bajó los ojos. Entonces yo pude mirarle toda la boca, que era muy grande. El movimiento de los labios, estirándose hacia los costados, parecía que no terminaría más; pero mis ojos recorrían con gusto toda aquella distancia de rojo húmedo. Tal vez ella viera a través de los párpados; o pensara que en aquel silencio yo no estuviera haciendo nada bueno, porque bajó mucho la cabeza y escondió la cara. Ahora mostraba toda la masa del pelo; en un remolino de las ondas se le veía un poco de la piel, y yo recordé a una gallina que el viento le había revuelto las plumas y se le veía la carne. Yo sentía placer en imaginar que aquella cabeza era una gallina humana, grande y caliente; su calor sería muy delicado y el pelo era una manera muy fina de las plumas.

Vino una de las tías — la que no tenía los ojos ahumados — a traernos copitas de licor. La sobrina levantó la cabeza y la tía le dijo:

— Hay que tener cuidado con éste; mira que tiene ojos de zorro.

Volví a pensar en la gallina y le contesté:

— ¡Señora! ¡No estamos en un gallinero!

Cuando nos volvimos a quedar solos y mientras yo probaba el licor — era demasiado dulce y me daba náuseas — , ella me preguntó:

— ¿Usted nunca tuvo curiosidad por el porvenir?

Había encogido la boca como si la quisiera guardar dentro de la copita.

— No, tengo más curiosidad por saber lo que le ocurre en este mismo instante a otra persona; o en saber qué haría yo ahora si estuviera en otra parte.

— Dígame, ¿qué haría usted ahora si yo no estuviera aquí?

— Casualmente lo sé: volcaría este licor en la jarra de las flores.

Me pidieron que tocara el piano. Al volver a la sala la viuda de los ojos ahumados estaba con la cabeza baja y recibía en el oído lo que la hermana le decía con insistencia. El piano era pequeño, viejo y desafinado. Yo no sabía qué hacer; pero apenas empecé a probarlo la viuda de los ojos ahumados soltó el llanto y todos nos callamos. La hermana y la sobrina la llevaron para adentro; y al ratito vino la sobrina y nos dijo que su tía no quería oír música desde la muerte de su esposo — se habían amado hasta llegar a la inocencia.

Los invitados empezaron a irse. Y los que quedamos hablábamos en voz cada vez más baja a medida que la luz se iba. Nadie encendía las lámparas.

Yo me iba entre los últimos, tropezando con los muebles, cuando la sobrina me detuvo:

— Tengo que hacerle un encargo.

Pero no me dijo nada: recostó la cabeza en la pared del zaguán y me tomó la manga del saco.

Muebles "El canario"

La propaganda de estos muebles me tomó desprevenido. Yo había ido a pasar un mes de vacaciones a un lugar cercano y no había querido enterarme de lo que ocurriera en la ciudad. Cuando llegué de vuelta hacía mucho calor y esa misma noche fui a una playa. Volvía a mi pieza más bien temprano y un poco malhumorado por lo que me había ocurrido en el tranvía. Lo tomé en la playa y me tocó sentarme en un lugar que daba al pasillo. Como todavía hacía mucho calor, había puesto mi saco en las rodillas y traía los brazos al aire, pues mi camisa era de manga corta. Entre las personas que andaban por el pasillo hubo una que de pronto me dijo:
— Con su permiso, por favor...
Y yo respondí con rapidez:
— Es de usted.
Pero no sólo no comprendí lo que pasaba sino que me asusté. En ese instante ocurrieron muchas cosas. La primera fue que aun cuando ese señor no había terminado de pedirme permiso, y mientras yo le contestaba, él ya me frotaba el brazo desnudo con algo frío que no sé por qué creí que fuera saliva. Y cuando yo había terminado de decir "es de usted" ya sentí un pinchazo y

vi una jeringa grande con letras. Al mismo tiempo una gorda que iba en otro asiento decía:

— Después a mí.

Yo debo haber hecho un movimiento brusco con el brazo porque el hombre de la jeringa dijo:

— ¡Ah!, lo voy a lastimar... quieto un...

Pronto sacó la jeringa en medio de la sonrisa de otros pasajeros que habían visto mi cara. Después empezó a frotar el brazo de la gorda y ella miraba operar muy complacida. A pesar de que la jeringa era grande, sólo echaba un pequeño chorro con un golpe de resorte. Entonces leí las letras amarillas que había a lo largo del tubo: Muebles "El Canario". Después me dio vergüenza preguntar de qué se trataba y decidí enterarme al otro día por los diarios. Pero apenas bajé del tranvía pensé: "No podrá ser un fortificante; tendrá que ser algo que deje consecuencias visibles si realmente se trata de una propaganda." Sin embargo, yo no sabía bien de qué se trataba; pero estaba muy cansado y me empeciné en no hacer caso. De cualquier manera estaba seguro de que no se permitiría dopar al público con ninguna droga. Antes de dormirme pensé que a lo mejor habrían querido producir algún estado físico de placer o bienestar. Todavía no había pasado al sueño cuando oí en mí el canto de un pajarito. No tenía la calidad de algo recordado ni del sonido que nos llega de afuera. Era anormal como una enfermedad nueva; pero también había un matiz irónico; como si la enfermedad se sintiera contenta y se hubiera puesto a cantar. Estas sensaciones pasaron rápidamente y en seguida apareció algo más concreto: oí sonar en mi cabeza una voz que decía:

— Hola, hola; transmite difusora "El Canario"... hola, hola, audición especial. Las personas sensibilizadas para estas transmisiones... etc., etc.

Todo esto lo oía de pie, descalzo, al costado de la cama y sin animarme a encender la luz; había dado un salto y me había quedado duro en ese lugar; parecía imposible que aquello sonara dentro de mi cabeza. Me volví a tirar en la cama y por último me decidí a esperar. Ahora estaban pasando indicaciones a propósito de los pagos en cuotas de los muebles "El Canario". Y de pronto dijeron:

— Como primer número se transmitirá el tango...

Desesperado, me metí debajo de una cobija gruesa; entonces oí todo con más claridad, pues la cobija atenuaba los ruidos de la calle y yo sentía mejor lo que ocurría dentro de mi cabeza. En seguida me saqué la cobija y empecé a caminar por la habitación; esto me aliviaba un poco pero yo tenía como un secreto empecinamiento en oír y en quejarme de mi desgracia. Me acosté de nuevo y al agarrarme de los barrotes de la cama volví a oír el tango con más nitidez. Al rato me encontraba en la calle: buscaba otros ruidos que atenuaran el que sentía en la cabeza. Pensé comprar un diario, informarme de la dirección de la radio y preguntar qué habría que hacer para anular el efecto de la inyección. Pero vino un tranvía y lo tomé. A los pocos instantes el tranvía pasó por un lugar donde las vías se hallaban en mal estado y el gran ruido me alivió de otro tango que tocaban ahora; pero de pronto miré para dentro del tranvía y vi otro hombre con otra jeringa; le estaba dando inyecciones a unos niños que iban sentados en asientos transversales. Fui hasta allí y le pregunté qué había que hacer para anular el efecto de una inyección que me habían dado hacía una hora. Él me miró asombrado y dijo:

— ¿No le agrada la transmisión?

— Absolutamente.

— Espere unos momentos y empezará una novela en episodios.

— Horrible — le dije.

Él siguió con las inyecciones y sacudía la cabeza haciendo una sonrisa. Yo no oía más el tango. Ahora volvían a hablar de los muebles. Por fin el hombre de la inyección me dijo:

— Señor, en todos los diarios ha salido el aviso de las tabletas "El Canario". Si a usted no le gusta la transmisión se toma una de ellas y pronto.

— ¡Pero ahora todas las farmacias están cerradas y yo voy a volverme loco!

En ese instante oí anunciar:

— Y ahora transmitiremos una poesía titulada "Mi sillón querido", soneto compuesto especialmente para los muebles "El Canario".

Después el hombre de la inyección se acercó a mí para hablarme en secreto y me dijo:

— Yo voy a arreglar su asunto de otra manera. Le cobraré un peso porque le veo cara honrada. Si usted me descubre pierdo el empleo, pues a la compañía le conviene más que se vendan las tabletas.

Yo le apuré para que me dijera el secreto. Entonces él abrió la mano y dijo:

— Venga el peso.

Y después que se lo di agregó:

— Dese un baño de pies bien caliente.

La envenenada

I

En uno de los barrios de los suburbios de una gran ciudad, uno de los literatos no tenía asunto. Esto le pasó desde el 24 de agosto por la tarde —en la mañana había terminado un cuento— hasta el 11 de octubre, también por la tarde. En la mañana del 11, el día le amenazaba con normalidad: como uno de los tantos días él estaba encerrado en su casa y no tenía ganas de salir; se paseaba por toda su pequeña casa, a grandes pasos y a profundos pensamientos; quería atacar algún asunto, porque ningún asunto venía hacia él; al mismo tiempo que sus piernas se le cansaban y se le ponían pesadas, sentía angustia con pesimismo; pero se acostaba un rato y, a medida que sus piernas descansaban, la angustia con pesimismo se le iba.

El 11 por la tarde, cuando eran las 14 y 25 y se asomó a la puerta de su casa, se dio cuenta que el día era lindo, pero igual a muchos días lindos —hacía tiempo le había pasado lo mismo con unos días feos— entonces, como una de las tantas veces que en otros días se había asomado a la puerta de su casa, llegó a la siguiente conclusión:

"si quiero asunto tengo que meterme en la vida". A las 15 y 12 fue cuando por última vez en esa tarde se asomó a la puerta de su casa y pensó que tenía que meterse en la vida: aparecieron tres hombres que desde la calle le hicieron señas para que se acercara; cuando se acercó le dijeron que a pocas cuadras y al borde de un arroyo, una mujer se había envenenado. El tenía pensado no ir a esta clase de espectáculos: le producían una cosa, que sintetizando todo lo que hubiera podido escribir sobre esa cosa, le hubiera llamado vulgarmente miedo. Sin embargo, como además de no tener asunto, había leído una poesía que le había llevado a la conclusión de que un hombre podía reaccionar y triunfar sobre sí mismo, entonces decidió aprovechar la invitación que le hicieron los tres hombres y el espectáculo de la envenenada.

Apenas empezaron a caminar uno de los tres hombres le demostró una antigua y secreta admiración: había leído muchas cosas de él; los otros dos estaban cohibidos y la curiosidad que hacía un rato tenían por la envenenada, se les había pasado para el literato.

En el cerebro de los cuatro hombres había una misma idea: en tres, la curiosidad por el gesto de la cara del literato, y en el literato la preocupación de lo que haría con su cara. Si se abandonaba a la espontaneidad, tal vez pusiera una cara inexpresiva e idiota y, además, no podría abandonarse a su espontaneidad porque sabía que lo observaban; tal vez no podría ser espontáneo ni consigo mismo, porque aunque no hubiera nadie, él mismo sería su observador, tendría la tensión de espíritu del analítico y por más fuerte que fuera el espectáculo, su espíritu oscilaría entre la impresión que le produciría y la impresión que él quería tomar de sí mismo. Entonces se encontró con que no podía ni sabía sorprenderse y entonces tenía que inventar un gesto interesante. Ni aún esto podía pensar tranquilamente porque sus compañeros le iban dando los datos que conocían de la envenenada y él tenía que escucharlos y comentarlos.

Para esto inventó un gesto y un comentario que le sirvió para abandonarse a pensar en todo lo que se le antojaba, para dejar sus pensamientos libres cual una cosa libre; puso su cara hacia el frente, pero no para mirar lo que tenía adelante, sino hacia lo que los literatos habían definido como lo infinito, lo desconocido, etc.

El comentario fue el silencio: muchas veces le había servido para muchas cosas, y ahora le permitía dejar el pensamiento libre cual una cosa libre.

El admirador del literato le contaba a éste, una vulgar historia de amantes; esa mañana, cuando la historia tuvo su desenlace, ella había envuelto en un papel un vaso con cianuro, y había puesto en la cartera un gran revólver; cuando se puso el gorro de fieltro y salió de su casa la gente habría creído que iba a un lugar, lejos de aquellos alrededores. Aquí los pensamientos del literato se prendieron hambrientos de este detalle, y ya le pareció que hacía un cuento y que decía que ella había ido más lejos de lo que la imaginación de la gente suponía:

había ido donde los literatos habían definido como lo infinito, lo desconocido, etc. De pronto los pensamientos se le detuvieron y se fijó que los dos hombres que callaban habían quedado algunos pasos atrás y ahora conversaban; entonces sus pensamientos le volvieron a atacar y se imaginó que, al ellos caminar de dos en dos, llevaban un ataúd. También se dio cuenta, analizando su propio yo, que este último pensamiento decoraba muy bien el espectáculo que dentro de poco verían.

II

Los cuatro hombres iban por una orilla del arroyo; pero la envenenada estaba del otro lado; entonces el literato pensó: ella está del otro lado del arroyo, y de la vida. Los compañeros le dijeron que, como el arroyo era angosto, de este lado verían bien, y que si fueran por el otro, tendrían que dar una vuelta muy grande; y el literato pensó: para llegar del lado de la envenenada, habría que dar una vuelta muy grande y esa sería la vuelta de la vida, porque ella está en la muerte.

El paraje era pintoresco como otros lugares pintorescos y nada más; a dos cuadras del suceso, los cuatro hombres vieron entre los árboles un grupo de personas, y el literato preparó la cara; frunció el entrecejo y nada más: pensaba que con eso bastaba para ver y pensar tranquilo; y entonces, este último pensamiento, le dio a su cara un baño fijador. A medida que se acercaba, su espíritu oscilaba entre conservar su yo y abandonarse a la curiosidad: parecía un elástico que se estirara y se encogiera; pero el baño fijador que había dado a su cara le fue eficaz; cuando estuvieron frente al lugar de la envenenada, él conservaba entera su cara.

Pasado el segundo de indefinida sensación, se apresuró a decirse a sí mismo: es una mujer envenenada y nada más; y tuvo el valor de empezar a observarla y a pensar, sin hacer caso de una especie de pelotón nebuloso y oscuro, que desde el primer momento se le había formado en donde los otros literatos llamaban, el espíritu. Pero, a medida que observaba y pensaba, de la envenenada salía algo que le agrandaba el indefinido pelotón.

El espectáculo era demasiado fuerte para el literato; en el cuerpo de la envenenada había cosas extrañas, contradictorias y también irónicas: los pies estaban cruzados, y había en ellos la tranquilidad de la persona que se ha acostado a dormir la siesta y el cuerpo disfruta de la frescura del césped y de la placidez del sueño; pero sin embargo, el cuerpo de la envenenada estaba arqueado, tenía por puntos de apoyo un talón y los hombros, y todo el busto demasiado echado hacia adelante; la cabeza estaba doblada y su posición hacía pensar en lo mismo de los pies, pero la cara estaba muy descompuesta y los músculos en tensión; un brazo lo tenía para arriba, rodeaba la cabeza como un marco y la posición era tan tranquila como la cabeza y los pies; pero el puño estaba muy apretado. Lo más terrible, la protesta más desesperante que había en la envenenada, estaba en el otro brazo, en el que no le servía de marco a la cabeza: estaba muy separado del cuerpo, y desde el codo hasta el puño había quedado parado como un pararrayo; el puño no estaba cerrado del todo, y de entre los dedos que estaban crispados y juntos, salía un pañuelito que flameaba con la brisa.

Cerca del cuerpo estaba el vaso y el papel; el revólver ya lo había llevado la policía: vino cerca de las 13 y quedó un guardia cuidando; eran las 16 y todavía no había venido el juez; el guardia espantaba a la gente que se acercaba o tocaba y, los que ya se sabían de memoria los detalles del asunto y del cuerpo de la envenenada, se iban. A pocos pasos del literato había una muchacha que dijo, que hacía rato había venido el amante de la envenenada, que después de mirarla le bajó un poco la pollera porque le había quedado muy subida, y que después se había ido. También dijo que nadie había tocado el vaso ni el papel: entonces, se pensaba que la envenenada habría visto aquello así antes de morirse, que su pensamiento y la realización, con el vaso y el papel, habrían quedado igual que en el momento en que ella se había envenenado, y esas horas que nosotros medíamos después, se dislocaban y eran extrañas, porque pertenecían más a ella que a nosotros.

También se pensaba, que antes de salir de su casa el vaso, habría estado tranquilo encima de una mesa, que ella lo habría sacado para llevarlo con ella como un animalizo doméstico; que todavía estaba cerca de su cuerpo, y miraba fijo, y no era culpable de nada; que como un animalito doméstico habría estado lejos del propósito de ella; pero que ahora el vaso y ella eran dos realidades parecidas.

III

Durante mucho rato el literato quiso suponerse que estaba acostumbrado a espectáculos como aquél y quiso empezar a construir su cuento, para no tener esa cosa que sintetizando todo lo que hubiera podido escribir sobre ella, le hubiera llamado vulgarmente miedo; tenía muy fruncido el entrecejo, pero los ojos se le habían quedado muy abiertos y fijos.

De pronto se dio cuenta que los pies se le movieron y le llevaron el cuerpo para otro lado; también sintió sobre él todas las miradas y la responsabilidad que otros literatos habían sentido cuando pensaban que en sus manos estaba el destino de la humanidad. Ya había corrido por allí la noticia de que era escritor, y la gente pensaría que tal vez él y no el juez, estaría más cerca del misterio de aquella muerte.

Cuando percibió el desenfado con que la gente andaba alrededor de la envenenada y recordó sus momentos de esa cosa—miedo, se encontró con que él había tenido una gran altura moral, por el respeto y la cosa—

miedo que había sentido, y dio un suspiro de satisfacción. Cuando los compañeros lo vieron mover, les pareció que era algo así como una gran máquina moderna del pensamiento, y que al moverse era porque ya tenía la solución; no sabían qué solución buscaban, o la solución de qué; pero ellos presentían que en aquel hombre, como gran máquina moderna del pensamiento se debía haber producido una solución; entonces, uno de ellos, el antiguo admirador, lo interrogó. El tuvo el inesperado dominio de sí mismo, la gran serenidad, de responder no contestando con palabras, sino haciendo una seña con la mano como para que esperasen; al literato le parecía que alguien recitaba, y mientras tanto y antes de que se terminara el poema, él tenía que preparar el juicio o el elogio: aquí el poema terminaría cuando viniese el juez y se llevasen la envenenada. Pero el literato tuvo pronto el juicio, el elogio o la solución antes que viniera el juez: seguiría con el silencio: esta nueva solución que era igual a la de antes de ver a la envenenada, le había surgido al recordar como otros literatos habían triunfado con el sencillo procedimiento de insistir: él insistiría en su silencio; tal vez cuando los compañeros le acompañaran hasta su casa, él no les diría ni buenas tardes, y esa descortesía en aquel momento, haría crecer en el ánimo de los demás, el concepto que de él tendrían.

 Antes de empezar su cuento, otro detalle más vino a detener su mente: la muchacha que estaba muy cerca de ellos y que les había dado los datos del amante, la pollera, y el vaso de la envenenada, ahora miraba al literato con demasiada frecuencia; él lo percibió y trató de escudriñar disimuladamente aquellas miradas; pero después pensó en el papel que estaba desempeñando: su misión como hombre que algún día tendría en sus manos el destino de la humanidad, le reclamaba la atención de la envenenada y, entonces decidió no escudriñar la mirada de la joven; pero aunque no la miró, se sintió preocupado un buen rato antes de empezar a construir su cuento.

IV

El primer detalle interesante que acudió al cerebro del literato, fue el de la edad de sus compañeros, de la envenenada, y de él: aproximadamente tendrían los cinco la misma edad. Para él, esto tenía la importancia de hacerle sugerir que eran cinco jóvenes de una clase dramática, y que en ese momento representaban un drama. Claro está, que en seguida diría que lo más impresionante era que no había tal clase, y que aquello era una espantosa realidad para la protagonista. El segundo detalle interesante le acudió al recordar que cuando era niño había visto en una escena de figuras de cera, una mujer muerta; pero ahora él se permitía el atrevimiento literario de decir, que esta vez la muerte tenía una vida especial que no había en la muerta de cera; entonces haría resaltar el valor de las cosas naturales sobre las artificiales.

Cuando el literato tenía bastante relleno su cuento de cosas tan atrevidas como las que he citado, se encontró con que no se le ocurría una metáfora interesante para el brazo que había quedado parado como un pararrayo; pero cuando vino una brisa que hizo flamear el pañuelito que salía de los dedos crispados y juntos de la envenenada, se le ocurrió pensar que el brazo era un asta, y el pañuelito la bandera de la muerte. También le surgió esta pregunta: ¿qué vale más? o ¿qué es más importante? ¿el asta o la banderita? En este caso le pareció que era más importante el asta que la bandera; y pensó en todas las astas y las banderas, y vio en todas las astas un valor que hasta ahora no había visto: las veía apuntar al cielo, y su rigidez era de tanta fuerza y tenían una protesta tan desesperante como el brazo de la envenenada. También le pareció ridículo, que a las astas, que tenían una personalidad tan grande, les arrimaran de cuando en cuando una bandera.

De pronto el literato se sintió muy horrorizado; no hubiera podido precisar si tal horror se lo producía la envenenada o sus pensamientos; entonces decidió irse sin esperar a que viniera el juez; pero cuando ya iba a marcharse, su cuento tomó un aspecto mucho más agradable: se encontró con la mirada de la joven de los datos, y se atrevió a comprobar abiertamente si la joven se interesaba por él; al mismo tiempo pensaba en la originalidad y el atrevimiento de su cuento, si resultaba que al ir a ver una joven muerta se había enamorado de una viva. Pero eso no ocurrió, porque cuando él menos lo esperaba, ella le sonrió con una sonrisa enigmática, que él no hubiera podido decir si sencillamente se burlaba de él, o habiendo comprendido sus equivocadas suposiciones le rechazaba con aquella sonrisa.

Después, él tampoco se dio cuenta que los pies lo llevaron a su casa, que sus amigos no lo acompañaron, y que el cuento le quedó truncado.

V

Desde la cama su mirada cruzó la habitación, el patio, y se dio contra una vidriera de vidrios opacos; y entonces empezó a pensar en la muerte: sintió miedo de haber nacido porque tenía que morir: hubiera preferido no haber nacido. Al principio pensó en esos dos límites —el nacimiento y la muerte— como si él no perteneciera a la vida; pensó que a él le había tocado una vida en el reparto misterioso; que su vida era una casualidad como era una casualidad el día que nació y sería otra casualidad el día de su muerte. Entonces, no le importaba que en él se hubiera formado una cosa humana: era una cosa humana más en el montón y no tenía interés ni en darse cuenta que él era una cosa humana más; le parecía ridículo que a cada uno le preocupara tanto de qué padres había nacido y en qué día; le parecía extraño que esa cosa humana tuviera condiciones especiales para sentir ternura por los padres de que había nacido: ¿qué importaba eso cuando se tenía el concepto o el sentido de lo que era el montón? ¿qué se le importaba que le hubiera tocado un cerebro con ciertas ideas? era tan ridículo o sin sentido como cuando los niños se preocupan en buscar la diferencia que hay en los pancitos que les han tocado: él se comería el pancito y se acabó.

Sin darse cuenta la mirada se le había salido de la vidriera, le había revoloteado un poco, y se le había detenido en el bulto que los pies hacían debajo de las cobijas: entonces empezó a filosofar sobre las puntas de los pies. Su cuerpo estaba en ese relajamiento muscular del descanso; le parecía que las puntas de los pies estaban lejísimo de él; pensaba que solamente su cabeza trabajaba, y le asombraba su dominio: con solamente a la cabeza antojársele, se moverían las puntas de los pies que estaban lejísimo, y sin embargo, él no sentía correr la idea por su cuerpo, más bien le parecía que la idea saltaba de la cabeza y la barajaban los pies. Todas las partes de su cuerpo eran barrios de una gran ciudad que ahora dormía; eran obreros brutos que ahora descansaban después de una gran tarea y que el continuo trabajar y descansar no les dejaban pensar en nada inteligente; solamente su cabeza estaba despierta y contemplaba con sabiduría y con indiferencia todo aquello.

Después, su misma sabiduría y su indiferencia le hizo sonreír al pensar en las metáforas que hacía sobre su cuerpo que descansaba; no quería entregarse a ninguna fantasía, porque ese día sentía la realidad indiferente;

a él le habían tocado aquellas piernas para andar como le podían haber tocado cualquier otras, y todavía —pensaba sonriendo despectivamente— que para mejor le habían tocado unas que se le cansaban enseguida.

El se diferenciaba de los demás literatos, en que ellos ignoraban los misterios y las casualidades de la vida y la muerte, pero se empecinaban en averiguarlo; en cambio para él no significaba nada haber sabido el por qué de esos misterios y casualidades, si con eso no se evitaba la muerte. En total: no se le importaba la vida, ni su misterio anterior ni el posterior; tampoco le importaba saber cuándo moriría ni de qué; el momento de la muerte sería para él como el momento de arrojar: no le gustaba arrojar y hacía todo lo posible para evitarlo, pero cuando el primer vómito le venía ya no pensaba: estaba pendiente del vómito y nada más. También es cierto que un pequeñísimo instante antes del primer vómito pensaba en que iba a vomitar.

Estaba en estas reflexiones, cuando de pronto se dio cuenta que la punta de sus pies se movía un poco, que hacía rato que sus ojos la estaban mirando y que él no había sido consciente de ese hecho; entonces, sintió el mismo nebuloso y oscuro pelotón indefinido que se le formó cuando miraba a la envenenada. Después se levantó, y empezó a pasearse por toda su pequeña casa a grandes pasos y a profundos pensamientos.

"Lea también":

7 Mejores Cuentos Uruguay

La literatura uruguaya es rica y diversa, con una identidad propia que se ha desarrollado a lo largo de los años. Al principio, reflejaba influencias europeas, pero gradualmente adquirió autonomía y singularidad. La literatura de Uruguay es un viaje a través de la imaginación, explorando temas universales con un toque local y auténtico.

https://bit.ly/7mc-ururguay-amazon

Conozca Tacet Books

Somos una editorial independiente que publica obras interesantes e inéditas de autores clásicos en sus idiomas originales, a precios accesibles para los lectores brasileños.

Nuestro catálogo incluye obras en inglés, español y portugués, de grandes autores como Agatha Christie, James Joyce, Virginia Woolf, Júlia Lopes de Almeida, George Orwell, Horacio Quiroga, entre otros. También ofrecemos colecciones inéditas como "Feminist Fiction" y "Victorian Fairy Tales", así como selecciones de cuentos de países como Cuba, España, Argentina y México, entre otros.

Ya sea para estudiar un nuevo idioma o para leer clásicos en sus idiomas originales, nuestros libros serán una excelente adición a tu biblioteca.

Visita nuestro sitio web:

http://www.tacetbooks.com

Durante una gira por París, en el apogeo de su carrera como pianista, Felisberto Hernández se cruzó con María Luisa de las Heras (nombre en clave África de las Heras), una veterana de la Guerra Civil española que trabajaba como agente del KGB y a la que se encargó seducirle. En 1949 se casaron y fijaron su residencia en Montevideo.

El matrimonio no sólo le dio la nacionalidad uruguaya, sino que también le permitió penetrar en la alta sociedad local, estableciendo vínculos que más tarde le serían útiles en sus misiones secretas. Felisberto, conocido por sus posturas abiertamente anticomunistas, sirvió de tapadera perfecta para las actividades clandestinas de su esposa. Vivieron juntos tres años, hasta que se divorciaron y África se fue de misión a Argentina.

Fallecido en 1964, todo apunta a que Felisberto Hernández nunca conoció la verdadera identidad de su ex mujer.

Este livro foi composto em Libre Baskerville e impresso no Brasil por UmLivro, para a Editora Tacet Books.

São Paulo-SP. Abril, 2024.

www.ingramcontent.com/pod-product-compliance
Lightning Source LLC
LaVergne TN
LVHW090037080526
838202LV00046B/3858